ACHTZEHN

Lyl Boyd

lyl-boyd.de

Herstellung und Verlag: BoD – Books on Demand, Norderstedt
Umschlaggestaltung: Stefan Zimmermann
Lektorat: Dr. Karen Opitz

ISBN: 9783748110224

ZEIT
IST DIE
WÄHRUNG
DES LEBENS

Wer das begreift,
erkennt seinen
persönlichen
Reichtum.

Und teilt ihn.

INHALT

VORWORT

Ein würdiger Nachfolger, der zugleich auf eigenen Beinen steht. Mit Leidenschaft erdacht und mit Herzblut aufs Papier gebracht ...

So ist sie, die Welt von Achtzehn.

Mit Bedacht zusammengestellt, dich zu unterhalten und in eine andere Welt zu entführen. Voll Sehnsucht, endlich von dir gelesen zu werden ...

Hier kommt Achtzehn.

Schwester Nancy

Einfach hier in das Mikrofon sprechen? ...
Gut. Also, mein Name ist Schwester Nancy,
eigentlich ja Anna Gumbert, aber alle nennen
mich Schwester Nancy. Ich bin Altenpflegerin aus
Leidenschaft, denn für mich ist mein Beruf tatsächlich eine „Berufung"!

Ich liebe den Umgang mit alten Menschen und
freue mich, wenn sich ihr alltägliches Leben durch
mein Zutun ein Stückchen angenehmer gestaltet.
Jeden Morgen wache ich auf und kann es kaum
erwarten, endlich zum Pflegeheim zu fahren und
meine Arbeit zu tun. Die wird von den Kollegen
sehr geschätzt, weshalb sie mich oft um Rat fragen. Und auch die Alten selbst zeigen eine solche
Begeisterung, sobald ich in ihrer Nähe bin ...

...

Ja, vor einigen Wochen, da hat ein junger Pfle-
ger seine Arbeit bei uns im Seniorenstift aufge-
nommen. Wegen meiner langjährigen Erfahrung
sollte ich ihn an die Patienten heranführen und
mit den lokalen Gegebenheiten bekannt machen.
Sein Name ist Brian Neuhaus und er scheint ein
aufgewecktes Kerlchen zu sein. Außerdem liebt er

diesen Job fast so sehr wie ich.

Allerdings übertreibt er es manchmal mit seiner Fürsorge, selbst die hilfebedürftigsten Patienten haben sich das ein oder andere Mal zu sehr bemuttert gefühlt. Ich persönlich kann Brian ausgesprochen gut leiden! Bereits nach kurzer Zeit konnte ich komplexere Aufgaben an ihn abgeben und ihm auch verantwortungsvolle Tätigkeiten übertragen.

Doch trotz dieser Seelenverwandtschaft könnte man unser Verhältnis seit Kurzem als etwas „kompliziert" beschreiben. Obwohl ich auf Besserung gehofft hatte, scheint es sogar immer schwieriger zu werden.

...

Nun, ich kenne Marcel seit über zwanzig Jahren. Wir haben uns per Zufall an einer Tankstelle in Italien kennengelernt. Ich war damals mit meinem alten Fiat Panda unterwegs. Der warme Sommer, die italienische Mentalität und die traumhafte Lage des Gardasees haben mich gelockt!

Aber ausgerechnet kurz vorm Ziel macht der Panda einfach schlapp. Das muss man sich mal vorstellen! – Ich, ganz allein, in der prallen Hitze und dann noch in Italien ... Ich bin dann zu einer nahen Tankstelle gelaufen, um Hilfe zu holen. Damals gab es ja noch keine Handys. Ach, das war irgendwie noch wildromantisch, damals, so ganz ohne Handys ...

14

Auf jeden Fall kam ich an die Tankstelle und hatte große Schwierigkeiten, dem Tankwart mein Problem zu erklären. Er sprach weder Deutsch noch Englisch, ich dafür kein Italienisch.

Wie es der Zufall wollte, stand Marcel zur selben Zeit an einer Zapfsäule und betankte sein Auto. Er spricht alle drei Sprachen und hat als Kind einige Jahre in Italien gelebt. Kurzum, er sprang für mich in die Bresche und regelte die Sache. Mehr noch, er half mir, das Auto wieder in Schuss zu bringen und zahlte sogar die Reparatur.

Gut ... Letzteres nur unter der Bedingung, dass ich mit ihm essen gehe. – Aber mal ehrlich, so etwas kannte ich vorher nur aus Filmen. Doch dass es das auch im wirklichen Leben gibt? Eine wildromantische Zeit, sagte ich ja bereits ...

...

Ja, aus dem einen Abendessen wurden erst zwei, dann drei, und inzwischen sind wir seit fünfzehn Jahre verheiratet. Glücklich verheiratet selbstverständlich!

...

Wieso Marcel mich einfach eingeladen hat? Liegt das nicht auf der Hand? Ich war damals ein ziemlich heißer Feger. Da konnte Marcel wohl nicht anders, als mir zu helfen. Ich meine, sicherlich werde auch ich älter, aber ich war schon immer sehr beliebt bei den Kerlen. Schon immer war das so. Auch in der Schule gehörte ich immer zu den Jahrgangsschönheiten ...

...

Woher er das Geld hatte? Nun, beim Thema Geld hört es bei mir auf. Meine Eltern haben mir nie erklärt, wie das alles funktioniert mit dem Finanzkram, und in der Schule lernt man das ja auch nicht! Ich weiß nur, dass „Geld haben" für Marcel nie ein Problem gewesen ist.

Er war damals so ein Investmentbanker und seit ich mich erinnern kann, hatte er immer Geld. Wie und woher das genau kam, weiß ich nicht ... Nein, ich habe nicht nachgefragt, weil es mir auch egal war. Geld ist da, um es auszugeben, oder etwa nicht?

...

Ja, irgendwann, da sagte er mir mal, er habe sich verzockt und wolle seinem Leben von nun an mehr Sinn geben. Finanziell habe ich von seiner Entscheidung allerdings nichts gespürt. Er kümmert sich bei uns um die Geldangelegenheiten und bisher ist immer genug da gewesen.

...

Wie er seinem Leben mehr Sinn gegeben hat? Umweltschützer! Ja, er wurde plötzlich ein Verfechter des Umweltschutzes. So eine Art Umweltaktivist. Er kämpft dafür, dass wir als Menschen mehr Acht auf unseren Planeten geben und ihn nicht so stark ausbeuten. Marcel sagt immer: „Schließlich haben wir nur einen davon und wir sind es nachfolgenden Generationen schuldig, dass sie auf einem gesunden Planeten leben können." Dafür setzt er sich mit großer Leidenschaft ein. Ich mag das sehr und steh auch ein bisschen drauf ...

...

Womit er seine Unternehmungen finanziert? Ja, über so eine Art Spenden ... Ach, da fällt mir ein, Marcel hat mir doch mal etwas über Finanzen erklärt. Also: In der Regel waren meine Patienten von Marcels Vorhaben derart begeistert, dass sie ihm unter die Arme greifen wollten. Es ist keine Seltenheit, dass ältere Menschen in ihren letzten Jahren etwas Gutes tun wollen. Allerdings haben viele einfach Angst, dass das Geld nicht an die richtige Stelle gelangt, sondern für andere Dinge verwendet wird. Man hört es ja immer wieder in den Nachrichten, dass große Verbände die Gelder „veruntreut" hätten – ja, ich glaube, so nennt man das. Umso mehr waren meine Patienten angetan, als sie erfuhren, dass Marcel viele Aktivitäten persönlich koordiniert.

Als ich Marcel dann von ihrer Spendenbereitschaft erzählt habe, bat er mich, dass ich das Geld in bar einsammle. Überweisungen hielt er für einen zu großen Verwaltungsaufwand. Und auch meine Patienten mochten diesen einfachen Weg der Unterstützung!

Ich war sehr glücklich damals, als Marcel mir erzählte, dass er sich durch meine eingesammelten Spenden ganz und gar auf seine Arbeit als

Umweltaktivist konzentrieren könne. Er benutzte aber nicht das Wort „Spende", sondern ... Augenblick ... genau: „passives Einkommen", diesen Ausdruck verwendete er. Das ist wohl eine Art Geldfluss, der sich nicht unmittelbar mit einer geleisteten Arbeitszeit verrechnen lässt – oder so ähnlich. Das ist eines der wenigen Dinge aus der Finanzwelt, die ich mir merken konnte ...

...

Torben ist circa fünf Jahre jünger als ich und war immer der Stolz unserer Eltern. Ganz besonders für unseren Vater, da sich Torben stark für technische Dinge interessierte, eben genau wie unser Vater. Torben bastelte früh an Computern herum und programmierte immerzu kleine Spielereien. Ich verstehe davon aber herzlich wenig. Trotzdem hoffe ich natürlich, dass er sobald wie möglich sein Studium abschließt. Langzeitstudenten sind ja inzwischen eher etwas verpönt ...

...

Also, vor einem Jahr, da haben Marcel und ich Torben abends zum Grillen eingeladen. Es war ein Samstag, wenn ich mich recht erinnere, und ein warmer Sommerabend. An sich nichts Ungewöhnliches, außer dass in der Nacht zuvor einer meiner Patienten auf sonderbare Weise verstorben war. Also, um ehrlich zu sein, ist der Tod ja allgegenwärtig bei uns im Seniorenstift. Rund ein Drittel der Patienten ist herzkrank, und bei denen ist die Wahrscheinlichkeit einfach recht hoch, dass das Herz plötzlich nicht mehr schlagen möchte. Man muss damit umgehen können, wenn man als Altenpflegerin arbeitet.

Nun ja, worauf ich eigentlich hinauswollte, ist die Todesursache von Herrn Meise in jener Nacht. Er hatte sich wohl zu Tode erschrocken. Das mag merkwürdig klingen, aber Herr Meise war einer dieser herzkranken Patienten ...

Bei herzkranken Menschen kann eine enorme Stresssituation tatsächlich dazu führen, dass das Herz kurz aussetzt und es dann zum Tod durch Herzstillstand kommt. Beim gesunden Menschen ist das grundsätzlich nicht zu befürchten, da das Herz bei Stress normalerweise schneller schlägt. Mein damaliger Ausbilder hat mir das verständlich gemacht, indem er sagte: „Wenn sich jeder gleich zu Tode erschrecken würde, sobald etwas Unerwartetes passiert, wäre die Menschheit heute schon ausgestorben." - Irgendwie einleuchtend, finde ich.

Aber, und das sagte er mir auch, bei Menschen mit Herzfehlern oder anderen Herzproblemen kann das durchaus passieren. Daher brauchen diese Patienten eine besonders schonende Behandlung und Aufregung sollte man ganz vermeiden.

Zurück zu Herrn Meise. Also, er hatte seine Zeitschriften immer haufenweise auf einer Ablage neben der Toilette gestapelt. So ein bisschen messiehaft ... In dieser Nacht war der wacklige

Haufen dann wohl genau in dem Moment umge-
stürzt, als Herr Meise auf der Schüssel saß. So
traurig oder so witzig das auch klingen mag, der
Meise hat sich im wahrsten Sinne des Wortes zu
Tode erschrocken.

Eben diese Geschichte erzählte ich Marcel und
Torben beim abendlichen Grillen vor einem Jahr.
Ich dachte mir nichts weiter dabei, doch die beiden schienen die Sache sehr ernst zu nehmen
und sprachen mich einige Monate später noch
einmal darauf an. Sie baten mich, bei jedem
meiner herzkranken Patienten eine sogenannte
Webcam zu installieren. Marcel überzeugte mich
damals auch, die Kameras möglichst versteckt
anzubringen, damit die Patienten nichts davon
bemerkten - der Schutz der Patienten steht ja im
Vordergrund und jede Aufregung gilt es zu vermeiden.

...

Die Leitung des Pflegeheims informierte ich
nicht, nein. Marcel hatte mir erklärt, dass eine
offizielle Anmeldung dieser Webcams viel Büro-
kratie bedeuten würde. Das wäre für unser Vorhaben sicherlich nicht förderlich gewesen. Und
jede Verzögerung hätte weniger Schutz für meine
Patienten bedeutet. Und meine Patienten liegen
mir sehr am Herzen! – Wieder einmal musste ich
meinen Hut vor Marcels Intelligenz und Weitsicht
ziehen.

...

Wozu das Ganze? Nun, der Sinn war, dass ich von zu Hause eine Möglichkeit hatte, meine Patienten auch in der Nacht zu betreuen, zum Beispiel wenn sie die Toilette aufsuchten. Man denke da nur an Herrn Meise ... Ich konnte durch die Webcams für Sicherheit sorgen, obwohl ich nicht an Ort und Stelle war. Ich war meinen Patienten damit näher als die Nachtschwestern vor Ort. Eine tolle Erfindung, diese Webcams! Ohne Torben hätte ich von solchen Gerätschaften nie etwas erfahren. Einen klasse Bruder habe ich da!

...

Wie, Lautsprecher? Welcher Lautsprecher? Ach, die kleine Box da. Ja, die habe ich in den Badschrank geschraubt, direkt neben die Linse, die sie dort sehen. Torben hat mir gesagt, dass das alles zur Webcam gehört. Ein Lautsprecher, sagen Sie?! Wozu denn bitte ein Lautsprecher?

...

Was meinen Sie mit „überproportional"? Ach so, also ... Nun, ich führe keine Listen, wann wer stirbt oder wie viele im Pflegeheim pro Jahr sterben. In meinen Augen ist jedes Leben wertvoll und sollte solange wie möglich erhalten werden. Fragen Sie mal Marcel, der kann Ihnen eine Menge über schützenswerte Dinge erzählen!

...

Nun ja, also wie bereits erzählt, haben ältere Menschen häufig das Bedürfnis, einen Beitrag zur Verbesserung der Welt zu leisten. Sicherlich waren einige meiner Patienten so von Marcels Zielen überzeugt, dass sie ihr Testament geändert haben und nach ihrem Tod ein Teil ihres Vermögens Marcel vermacht haben. Doch was habe ich mit der Sache zu tun?

Frau Gumbert, wir haben Grund zur Annahme, dass Sie gemeinsam mit ihrem Ehemann Marcel und ihrem Bruder Torben systematisch herzkranke Patienten beraubt und unter Umständen sogar vorsätzlich zu Tode erschreckt haben. Die von Brian Neuhaus gefundene Webcam mit Lautsprecher und die Verbindung zu ihrem Wohnhaus sind klare Indizien. In Kürze werden wir wissen, ob die Testamentsänderungen der Verstorbenen und die Zugriffe auf die Webcams von Ihrem Haus aus mit den Todeszeitpunkten in Verbindung gebracht werden können.

Fest steht allerdings schon jetzt, dass einige der von Ihnen betreuten Herzpatienten, welche zuvor Änderungen im Testament zugunsten von Herrn Marcel Gumbert vorgenommen hatten, im letzten halben Jahr des Nachts an Herzversagen gestorben sind. Ebenso wie der erst kürzlich Verstorbene haben sich viele dieser Patienten kurz vor ihrem Tod alleine im Badezimmer aufgehalten. Wäre Brian Neuhaus nicht zufällig in seiner Nachtschicht dort vorbeigekommen, hätte niemand das beängstigend laute Piepen im Bad gehört und kein Polizist hätte den von Ihnen angebrachten Lautsprecher finden können. Brian Neuhaus hat noch immer schwer damit zu kämpfen, dass er den Patienten nicht hat reanimieren können.

Vor diesem Hintergrund möchte ich an Ihre Vernunft appellieren, uns alle Details, die zu einer Klärung des Falles beitragen können, wahrheitsgemäß aufzuzeigen. Schließlich steht der Vorwurf mindestens einer vorsätzlichen Tötung im Raum!

„Was bedeutet das Wort ‚vorsätzlich‘?", fragte Schwester Nancy nach, die einst nach drei Semestern ihr Jurastudium abgebrochen hatte.

Dann fügte sie hinzu: „Ich bin immer ehrlich zu Ihnen gewesen. Ich habe Ihnen alles gesagt, was ich weiß und was Sie mich gefragt haben. Ich möchte nur so schnell es geht zurück zu meinen Patienten. Sie vermissen mich bestimmt schon …"

Seemannsgarn

Kokett und lediglich in ein Saunahandtuch gewickelt, schlenderte Marlis in das großzügige Schlafzimmer. Frank lag auf dem Bett, das inmitten des quadratischen Raumes stand, und stützte sich auf die Ellenbogen.

„Ich mag deine Dusche, Frank!", bemerkte die Blondine mit chirurgisch optimierter Oberweite und stellte sich vor die weitläufige Fensterfront. Frank betrachtete einen Augenblick lang den Kontrast zwischen Marlis' Sonnenbankbräune und dem weißen Handtuch. Dann meinte er ernst: „Nun, darauf wirst du wohl für einige Zeit verzichten müssen ..."

„Wie lange bist du nochmal weg?", erkundigte sich Marlis und kam auf das Bett zu.

„Mindestens fünf Monate, vielleicht auch sechs."

Marlis öffnete ihr Handtuch und wollte zu Frank ins Bett steigen, als dieser sich seitwärts von der Matratze rollte und ihr Einhalt gebot: „Bitte nicht, Marlis. Es wird Zeit, dass du gehst. Nicht, dass du wegen mir unpünktlich zum nächsten Termin kommst!"

Marlis tat ein wenig verdutzt, entgegnete dann aber mit einem Blick auf Franks unbedeckten Schritt herausfordernd: „Eben noch konntest du nicht genug von mir bekommen und nun soll ich dich augenblicklich verlassen? Das hier ist wohl nicht ausreichend?" Damit präsentierte sie ihren Körper und spielte lasziv an ihren Brüsten herum.

„Nein, also ja!", erwiderte Frank. „Ich denke allerdings, dass wir den Abschied nicht zu kompliziert gestalten sollten. Der Sex mit dir ist purer Genuss und deine unbändige Leidenschaft ... Du gibst mir dabei ein Gefühl, das ich garantiert niemals vergessen werde. Es ist aber schon schwer genug, dass wir uns so lange nicht sehen ..."

„Und dich zu besuchen, steht nicht zur Debatte?", wollte Marlis wissen und schlüpfte in ihre Unterwäsche. Frank trottete in Richtung Küchentheke, die den Küchen- vom Wohn-und Schlafbereich trennte. Dort angekommen, begann er, exotische Früchte zu schneiden und in einen Mixer zu geben.

„Ich kenne meinen genauen Standort noch nicht, aber erfahrungsgemäß werde ich voll und ganz in die Arbeit eingespannt sein. Selbst wenn du mich besuchen könntest, solltest du an deine eigenen Mandanten denken. Gerade jetzt hast du so große und wichtige Fälle, da darfst du unmöglich fehlen! Eine Anwältin wie dich findet man schließlich nicht alle Tage!"

„Eben darum weiß ich, dass du mich anrufen wirst! So eine wie mich trifft man nur einmal - das kapierst sogar du", erklärte Marlis, schlüpfte in ihre Hose und streifte sich eine Bluse über.

Frank setzte derweil den Mixer in Betrieb und übertönte damit Marlis' Worte. Als sie sich auf die Bettkante setzte und ihre Stiefel anzog, antwortete Frank frech: „Auch Unternehmensberater haben eine Schwäche für hübsche und gebildete Frauen. Also entspann dich bitte und konzentrier dich auf deine Arbeit. Ich werde mich melden, sobald es geht!"

Marlis kam zu Frank herüber, der inzwischen zwei Cocktailgläser mit einem frischen Smoothie gefüllt hatte. „Das werde ich, mein Lieber. Und nach deiner Rückkehr bleibst du in der Stadt und wir suchen uns eine gemeinsame Bleibe. Dein Wohnstil, dieses Alles-in-einem-Raum-Prinzip, mag anziehend wirken, und ja, es turnt mich etwas an, aber es wird Zeit für eine ernsthafte Beziehung! Vielleicht auch mit einer gemeinsamen Wohnung?! Und wehe, du meldest dich nicht, Frank! Ich bin schon mit ganz anderen Typen als dir zurechtgekommen. Meistens helfe ich zwar, dass einer nicht hinter Schloss und Riegel landet. Doch ich kenne auch Mittel und Wege, jemanden sicher dorthin zu befördern. Oder gar Schlimmeres!"

Daraufhin tranken beide ihre Smoothies. Schließlich zeigte Frank auf die futuristisch anmutende Wanduhr über der Küchenzeile.

„Oh, in der Tat", entfuhr es Marlis und sie eilte zum winzigen Flur. „Zeit, dass ich verschwinde. Der nächste Termin ist schon verdammt nah!"

Nach einer kurzen innigen Verabschiedung stand Frank schließlich nackt und mit einem fast leeren Smoothieglas im Flur seiner Wohnung.

Genau genommen war es allerdings nicht Franks Wohnung. Frank war in Wahrheit Tom. Er hatte das Penthouse einst erstanden, es aber auf den Namen seines Bruders Frank angemeldet. Nachdem Frank nicht mehr aus dem Himalaja heimgekehrt war, hatte Tom de facto zwei Identitäten. Franks zurückgelassener Ausweis, die große Ähnlichkeit zwischen den Brüdern, eine gut gefälschte Unterschrift und eine junge, naive Mitarbeiterin auf der Behörde hatten Tom bei der Realisierung seines Planes geholfen.

Da stand er nun in Franks Penthouse, tat einige Schritte in den Wohnraum hinein und musterte instinktiv seine Umgebung. Im Zentrum des quadratischen Zimmers thronte das Bett, an dessen Fußende eine überdimensionale Leinwand angebracht war. Gegenüber gingen der Flur und das Badezimmer ab. Die übrigen Seiten des Raumes wurden von einer Fensterfront und der Küche eingenommen.

Tom ging zur Bar und nahm ein Smartphone mit roter Hülle an sich. Dann drückte er einen Schalter auf der Unterseite der Arbeitsfläche und die Leinwand surrte hinauf. Dahinter tauchte ein Gang auf. Tom passierte ihn und fand sich in einem verborgenen Zimmer wieder. Hier hatten ein Schreibtisch, ein Schrank und eine kleine Kommode Platz gefunden.

Tom drehte das Smartphone verspielt in den Fingern und öffnete die unterste Schublade der Kommode. Dann legte er das Mobiltelefon in eine dort befindliche Box mit der Aufschrift: „Unternehmensberater".

Dabei sagte er leise zu sich selbst: „Mach's gut, Marlis!"

Anschließend schloss er die Schublade, kehrte ins Schlafzimmer zurück und nahm frische Kleidung aus dem Schrank, ehe er ins Bad ging und sich duschte. Dann setzte er sich an den Schreibtisch und schrieb etwa zwei Stunden unter dem Pseudonym Tommy Frank jr. an seinem Roman.

Um 16:00 Uhr klingelte der Wecker eines Smartphones, das auf seinem Schreibtisch in einer Ladestation steckte. Nachdem er den Ton ausgeschaltet hatte, ergriff Tom das Telefon und verließ die Wohnung. Er ging zu seinem Auto, das er im Parkhaus einer nahegelegenen Bank geparkt hatte.

Wie an jedem Arbeitstag holte er seine Kinder pünktlich an der Kita ab und erntete für sein vorbildliches Pflichtbewusstsein die wohlwollenden Blicke der Erzieherinnen.

Tom interessierte sich zwar für die junge Mitarbeiterin mit dem knackigen Po, aber seine Wachsamkeit bewahrte ihn davor, die Frau anzusprechen.

Stattdessen kutschierte er seinen Nachwuchs zum stattlichen Wohnhaus der Familie. Lisa, seine Frau, würde vermutlich wieder nicht vor 19:00 Uhr nach Hause kommen - zu groß war ihr beruflicher Ehrgeiz. Umso dankbarer war sie, dass Tom sich Tag für Tag um das Wohlbefinden der Kinder kümmerte und dies – Lisa betonte es immer wieder – trotz seines anstrengenden Jobs.

Wie so oft versorgte Tom die Kinder mit Abendessen und zog sich, nachdem Lisa heimgekommen war, in sein Arbeitszimmer zurück. Hier konnte er in der Regel ungestört sein Tagebuch führen.

Doch heute wurde Tom unerwartet von einem Klopfen gestört. Kurz darauf kam sein Ältester zögernd in das Arbeitszimmer. Noch nie zuvor hatte eines der Kinder diesen Raum betreten.

Tom stand sofort auf, ging zu Nick und fragte gutmütig: „Na, was willst du denn hier?"

„Ich wollte wissen, was du machst, Papa!", erklärte Nick und bohrte seinen rechten Zeigefinger ins Nasenloch. Dabei überkreuzte er die Beine und blickte unsicher umher.

„Ich schreibe in mein Tagebuch", erwiderte Tom.

Nick antwortete mit einem ängstlichen „Aha!"

„Gut, Nick, was willst du wissen?", kam Tom seinem Sohn entgegen.

„Das sind ganz schön viele Bücher hier, Papa! Was steht da drin?", fragte Nick, etwas eingeschüchtert von der riesigen Bücherfront aus hohen Regalen, die Toms Arbeitsplatz umgab.

„Da steht viel über Geld drin. Aber auch über andere Dinge. Das hier zum Beispiel ist ein Buch über Pilze im Wald oder hier eins über Obstbäume", antwortete Tom und wies mit der Hand auf einzelne Bereiche seine Bibliothek.

Plötzlich war Nicks Neugier geweckt und er blickte mit wachen Augen auf die unterschiedlichen Regalfächer. „Und was ist das da?", platzte es aus ihm heraus und er streckte seinen Arm in eine bestimmte Richtung aus.

Tom ging zur entsprechenden Stelle hinüber und hob einen kleinen, unscheinbaren Quader an. In seinem transparenten Inneren war ein Stück Tau eingeschlossen. Dann schaute er Nick an und fragte: „Das hier?"

„Ja, das!", freute sich das Kind.

Tom kehrte zu seinem Sohn zurück und reichte ihm den Harzklotz. Dabei erläuterte er: „Dies ist ein Stück Seemannsgarn, das unsere Familie schon sehr, sehr lange Zeit besitzt. Es wird immer vom Vater an den ältesten Sohn weitergegeben. Das heißt, mein Vater hat es von seinem Vater, ich habe es von meinem Vater und eines Tages wirst du es von mir bekommen!"

Nicks Interesse schien nach einer näheren Betrachtung des unspektakulären Garns zu verblassen. Er hielt einen Moment inne, dann gab er Tom das Erbstück zurück: „Behalte du das Ding noch etwas. Ich werde jetzt ins Bett gehen. Mama wartet schon auf mich."

Dann streckte sich Nick, bekam von Tom einen Kuss und verschwand rasch aus dem Zimmer. Es war für ihn wohl noch immer fremdartig und unheimlich.

Tom schloss die Tür und brachte das eingebettete Tauwerk zurück an seinen Platz. Dabei überkam ihn unversehens die Erinnerung an seine eigene Kindheit. Er war damals etwa so alt wie Nick heute. Damals, als er das Stück erbte.

Sein Vater war zu dieser Zeit als Unternehmensberater tätig gewesen und viel unterwegs. Der Großteil von Toms Erinnerung an ihn beruhte deshalb auf Fotografien, die damals im Haus herumstanden. Eines Tages aber kehrte er nicht mehr zurück, sondern wurde leblos in einem nahen Waldstück gefunden.

Einige Zeit später räumte Toms Mutter gemeinsam mit ihrer besten Freundin Betty das Arbeitszimmer seines Vaters aus. Tom erschien plötzlich in der Tür und wollte sich, ähnlich wie Nick vorhin, einfach umsehen. Die Mutter reagierte verbittert und wütend auf die Gegenwart des unschuldigen Kindes im eleganten Arbeitszimmer. Glücklicherweise schaltete sich Betty ein und vermittelte zwischen ihm und seiner Mutter. Bei dieser Gelegenheit erhielt Tom das Garn, da sein Vater dies so gewollt habe, wie die Mutter verlauten ließ, und das Erbstück ein Symbol der Familienbande sei. Tom verstand damals zwar nicht viel, doch es entging ihm nicht, dass seine Mutter fortan noch mehr Tränen vergoss als ohnehin schon.

Wie Tom erst Jahre später erfahren sollte, entdeckten seine Mutter und Betty beim Ausräumen des Arbeitszimmers Bücher, die anstelle von Seiten eine Aussparung im Inneren besaßen. Darin waren unterschiedliche Schlüssel zu finden, deren Bestimmung zunächst unklar blieb. Schlüssel zu Bankschließfächern oder Schließfächern im Konzern des Vaters waren es nicht, wie sich schnell herausstellte. Erst Betty kam auf die Idee, auch öffentliche Orte mit in Betracht zu ziehen.

Fündig wurde man schließlich in den Schließfächern von Schwimmbädern, Bibliotheken und Fitnessstudios sowie in Postfächern. An jedem dieser Orte fand sich eine vollkommen neue Identitäten von Toms Vater.

Seine Mutter wollte zunächst nicht daran glauben, doch allmählich begriff sie, dass für ihren Ehemann sie selbst und ihre Kinder nicht der Mittelpunkt seines Lebens gewesen waren, sondern lediglich ein Bruchteil.

Später, als Tom bereits auf die Universität ging,

ertrug seine Mutter diese Vorstellung nicht länger und setzte ihrem Leben ein jähes Ende.

Tom vollendete seinen Tagebucheintrag und setzte sich anschließend zu Lisa ins Wohnzimmer, um ihren Erzählungen zu lauschen.

Seine Frau glaubte, Tom bekleide eine führende Position in einer Bank. Sie hatte nicht den geringsten Zweifel daran. Wie auch? Tom hatte sich ihr von Anfang an als Banker präsentiert und die finanzielle Situation der Familie war so gut, dass sich keine kritischen Fragen hätten ergeben können. Hinzu kam, dass Tom allabendlich die fiktiven Erlebnisse eines Bankangestellten in sein Tagebuch schrieb und zugleich wusste, dass Lisa ab und zu darin las. Die Planung und die Ausführung seines Doppellebens waren einfach zu perfekt, als dass jemand hinter die Kulissen hätte blicken können.

Die finanzielle Freiheit der Familie speiste sich aus dem Erbe, das Tom und Frank nach dem Tod ihrer Mutter erhalten hatten. Außerdem bescherten die Bestseller, die Tom unter dem Pseudonym Tommy Frank jr. veröffentlichte, ein paar zusätzliche Einnahmen. Keiner schöpfte Verdacht und keiner sah einen Grund, Fragen zu stellen.

Nach dem allabendlichen Erlebnisaustausch gingen Tom und Lisa gemeinsam ins Bett. Sie schmiegte sich an ihn und flüsterte: „Mit dir habe ich großes Glück gehabt, mein Tom!"

Als Lisa bereits gleichmäßig atmete, lag Tom noch mit geöffneten Augen im Bett und dachte daran, dass Mareike, die adrette junge Immobilienmaklerin, morgen in der Mittagspause bei Frank vorbeikommen wollte und er zuvor unbedingt das Bett neu überziehen musste. Aber sobald Lisa zur Arbeit gefahren war und er die Kinder weggebracht hatte, bliebe ihm mehr als genug Zeit. Genug Zeit für Frank. Und für Tommy Frank jr.

U-Haft

Haben Sie schon einmal vom ‚Salmon of Doubt‘ gehört?", erkundigte sich der Mann im weißen Kittel neben mir.

Wir liefen einen in kaltem Weiß gehaltenen Flur entlang. Eine endlose Reihe identischer Türen säumte rechts und links unseren Weg. Eben noch hatte ich in einem Raum hinter einer dieser Türen gesessen. Auf dem kleinen, harten Bett, gegenüber von Toilettenschüssel und Waschbekken. Ohne Fenster.

Der freundliche Mann im Kittel hatte mich abgeholt, vier groß gewachsene, muskulöse Männern trotteten hinter uns her. An meine Handgelenke hatten sie Handschellen angelegt, zusätzlich gab es Fußfesseln. Beides aus Hartplastik, nicht aus Metall.

„Ich entnehme Ihrem Schweigen, dass Sie sich noch nicht mit dem ‚Lachs des Zweifels‘ auseinandergesetzt haben?", riss mich der Kittelträger aus meiner Gedankenversunkenheit.

„Nein, nie davon gehört", antwortete ich mechanisch.

„Oh, eine unglaublich spannende Sache, glauben Sie mir!", erklärte der Mann euphorisch und führte aus: „Stellen Sie sich einfach vor, sie würden einen Lachs in einen MRT-Scanner legen und ihm Bilder von Menschen in sozialem Miteinander zeigen. So macht man das heutzutage üblicherweise bei Menschen, um zu lokalisieren, wo im Gehirn bestimmte Gedanken produziert werden. Das Ganze nennt sich funktionelle Magnetresonanztomografie, kurz fMRT ..."

Die Stimme des Mannes verblasste in meiner Wahrnehmung. Denn plötzlich dachte ich zurück: Ich war einem Aufruf gefolgt, das Fundament der Demokratie zu leben und auf die Straße zu gehen. Für etwas – oder gegen etwas. Nur bloß nicht zuhause zu einem unmündigen Bürger und Konsumenten verkommen. Ich war für meine Interessen eingetreten, auf einer friedlichen Demo.

Doch dann war ich plötzlich in der falschen Ecke gelandet. Bei Maskierten, Gewaltbereiten, Radikalen. Zu spät zur Flucht: Mit gefangen, mit gehangen. Zwar waren die Einsatzkräfte, die Freunde und Helfer des Bürgers, ruppig bei der Festnahme, aber da ich mir nichts hatte zu Schulden kommen lassen, musste ich auch nichts befürchten. Oder doch?

Sofort waren sie wieder da. Die Erinnerungen. Die Vorwürfe. Die Androhungen. Wie lange war ich schon hier? War ich noch immer in U-Haft?

„Was geht hier eigentlich vor?", unterbrach ich den Kittelträger.

Verwundert brach er seine Ausführungen über den Lachs ab und antwortete mit ruhiger Stimme: „Ich weiß nicht, was im Einzelnen vor sich geht. Ich bin Mediziner, ihr betreuender Arzt, der sich um ihr leibliches Wohl während ihrer Zeit in U-Haft kümmert. Wahrscheinlich geht es um irgendwelche Taten, die Ihnen zur Last gelegt werden. Aber – wie gesagt – ich bin Mediziner und kein Jurist."

„Also bin ich noch immer in U-Haft! Das ist doch unfassbar. Ich bin unschuldig hier. Ich habe Rechte!", erwiderte ich in scharfem Tonfall und blieb stehen. „Ich werde behandelt wie ein Schwerverbrecher. Was ist mit der Unschuldsvermutung? Wo bleibt unser Rechtsstaat?"

„Noch mal: Ich bin kein Jurist. Aber die Herrschaften hinter Ihnen sehen nicht so aus, als wollten Sie diese Thematik ausgerechnet hier auf dem Flur diskutieren. Schließlich habe auch ich einen engen Terminkalender und für Ihre Untersuchung ist eine halbe Stunde veranschlagt. Also bitte hier entlang!", erklärte der Arzt und wies mir mit der Hand die Richtung. Als ich mich nicht von der Stelle bewegte, wurden die Begleiter handgreiflich und schoben mich gegen meinen Willen vorwärts.

„Schon gut, schon gut! Nicht anfassen!", murrte ich und setzte wieder einen Fuß vor den anderen. Kooperieren ist besser als Widerstand, dachte ich. Schließlich war ich unschuldig. Vielleicht war dies auch einfach nur ein Traum. Vielleicht war ich in der Realität schon wieder auf freiem Fuß, nachdem die Personalien geprüft und ich für unbescholten befunden worden war.

„Sehr schön!", sagte der Mann im Kittel. „Vielleicht lenkt Sie ja die Lachsgeschichte ein wenig ab. Also, Sie unterziehen gerade einen Lachs einer fMRT-Untersuchung und messen dabei Regionen in seinem Gehirn, die eine erhöhte Aktivität zeigen, sobald er bestimmte Bilder menschlicher Interaktionen sieht. Faszinierend, nicht wahr?"

Ich sparte mir die Antwort und versuchte einen kühlen Kopf zu bewahren, um weitere Erinnerungen einzufangen.

„Aber das wirklich Verrückte kommt erst noch!", verkündete der Arzt.

Ich schwieg noch immer.

„Der Lachs im MRT ist tot!", platzte er heraus. Dann lachte er lauthals. Gekünstelt. So als habe er die Pointe schon zu oft erzählt, um sie selbst noch lustig zu finden.

Ich hob kurz die Mundwinkel, begriff aber die Tragweite seiner Äußerungen nicht: „Und was hat der Lachs mit mir zu tun?"

„Nichts. Aber mit mir!", freute sich der Mann. „Verstehen Sie denn nicht? Der Lachs ist tot und trotzdem können Sie eine Aktivität – sprich Gehirnströme – in seinem Kopf messen. Also, ich finde das irre, fast schon unglaublich."

„Aha", sagte ich trocken.

„Nun gut, ich wollte mich Ihnen auf eine etwas lockere Art vorstellen und Sie gleichzeitig ein bisschen über die bevorstehende Untersuchung unterrichten. Damit Ihnen die Angst genommen wird. Viele Patienten klagen darüber, dass sie sich von ärztlicher Seite zu wenig aufgeklärt fühlen", erläuterte der Arzt und wirkte ein wenig enttäuscht.

„Dann möchte ich Ihnen nicht im Weg stehen. Fahren Sie fort!", forderte ich trotzig.

„Also, der Lachs denkt natürlich nicht mehr. Denn tot ist tot! Sein ‚Denken' hat eine ganz andere Ursache: in einer mangelnden Korrektur der gesammelten Daten aus der fMRT-Messung. Das ‚Denken' des toten Lachses ist somit nichts weiter als eine Art Hintergrundrauschen bei der Datenerhebung.

Was das nun mit mir zu tun hat, werden Sie sich fragen: Nun, in besseren Zeiten haben einige Kollegen und ich mittels fMRT faszinierende Erkenntnisse über das menschliche Gehirn und die Art, wie Gedanken entstehen, gewinnen können. Wir haben praktisch Gedanken gelesen! Allerdings haben wir bei unserer Arbeit die nötige Datenkorrektur, die uns das Lachsexperiment aufzeigt, versäumt. Dies hat uns letztlich nicht nur die Anstellung, sondern auch unser Ansehen in der Wissenschaft gekostet. Ich bin also vom Background her Hirnforscher und betätige mich auf diesem Feld mit Leidenschaft und Herzblut.

Wenn auch öffentlich nicht anerkannt, so sehen Sie einen wahren Hirnexperten vor sich!"

„Na das ist ja schön. Für Sie", gratulierte ich. „Soweit ich weiß, bin ich im Kopf aber kerngesund."

„Danke für die Blumen", grinste der Mann. „Nun, das glaube ich Ihnen. Wäre auch schlimm, wenn nicht – Sie wirken auf mich vernünftig und klug ... Hier entlang bitte!"

Wir gingen auf eine unscheinbare Tür zu. Einer der Hünen hinter uns trat vor und öffnete sie. Ich durfte als Erster eintreten, der Mann im Kittel folgte mir. Ebenso das Wachpersonal.

Inmitten des Raumes stand ein großes technisches Gerät in Röhrenform. Ich erinnerte mich, dass ich ein-, zweimal in meinem Leben in einer solchen Röhre gelegen hatte. Einmal wegen eines verdrehten Knies und einmal wegen eines vermuteten Bandscheibenvorfalls.

„Das ist doch eines von diesen MRTs oder CTs, nicht wahr?" Ich suchte nach etwas Vertrautem in der fremden Umgebung.

„Ja, in der Tat, gut beobachtet! Das ist ein MRT. Sozusagen mein Schatz!" Die Augen des Arztes strahlten freudig, als er seine Anlage präsentierte.

„Schön und gut, aber ich habe keine Beschwerden", stellte ich klar. Ich mochte keine engen Räume. Und erst recht keine Röhren. Schon beim damaligen Scan der Lendenwirbelsäule war ich für mein Gefühl viel zu lang in der Röhre gewesen.

„Idealerweise sollte das auch so bleiben!", erklärte der Mediziner und senkte seine Stimme. Sein Gesicht nahm einen ernsten, düsteren Ausdruck an: „Ich war schon immer sehr eng mit der Chronobiologie verbandelt und beschäftige mich schon sehr lange Zeit mit circadianen Rhythmen, insbesondere mit dem Schlaf-wach-Rhythmus des Menschen."

Trotz meines fragenden Blickes fuhr er unbeirrt fort: „Sie müssen sich vorstellen, dass es im Gehirn eine Zeitzentrale, eine Art ‚Master Clock' für Ihre innere biologische Uhr, gibt, den sogenannten ‚suprachiasmatischen Nucleus', kurz SCN. Er liegt direkt zwischen den Augen hinter Ihrer Nasenwurzel. Die Struktur selbst ist nur reiskorngroß, hat aber einen großen Einfluss auf die Steuerung Ihres Schlaf-wach-Rhythmus."

„Was erzählen Sie mir da?", ging ich endlich dazwischen.

„Ich erkläre Ihnen, wie Sie funktionieren. Warum Sie abends müde und tagsüber fit sind", antwortete er ungehalten.

„Wieso?"

„Weil es wichtig ist, um zu verstehen, was ich mit Ihnen vorhabe", erwiderte er knapp.

„Ich will aber gar nicht, dass Sie etwas mit mir vorhaben", wehrte ich ab. Allmählich war mir die gesamte Situation zuwider. Sofort näherten sich zwei der Hünen.

„Was Sie wollen oder nicht wollen, geht mich

nichts an. Ich habe nur die Aufgabe, Ihnen die Gerätschaften und den Ablauf zu erklären", stellte der Kittelträger fest.

„Aha!", gab ich widerspenstig zur Antwort. „Erst ein Verhör, dann die Androhung von spezieller Behandlung. Und nun das Vorführen der Gerätschaften. – Die Frage nach Schuld oder Unschuld stellt hier wohl keiner?"

„Klasse!", frohlockte der Arzt. „Sie lassen mich nicht im Stich! Ich sagte doch, Sie seien ein kluger Zeitgenosse. Sie haben die Abfolge sehr genau erkannt. Das ist wie im Mittelalter: Erstens Folter androhen, zweitens Foltergeräte zeigen, drittens foltern. Sie haben aber stets ein Vetorecht: Wenn Ihnen eine Sache nicht passt, müssen Sie sich einfach bereit erklären, das vorbereitete Geständnis gegenzuzeichnen. Und Sie sind sofort fein raus. Aber ich denke, das haben die Beamten während des Verhörs bereits vorgeschlagen?"

„Das entbehrt jeder rechtlichen Grundlage! Es ist schon ein Verbrechen, dass Sie das Wort ‚Folter' offen in den Mund nehmen!", schrie ich, während die Wachmänner mich packten, um mich zu fixieren.

„Für die einen Folter, für die anderen Forschung. In erster Linie betrachte ich Sie als Probanden."

„Was ist mit der ärztlichen Ethik, dem hippokratischen Eid?", brach es aus mir heraus.

„Keine Sorge, mein Gewissen ist rein. Die Untersuchung werde ich zwar leiten, aber nicht durchführen. Hierfür haben wir ein sehr gut ausgebildetes Personal!", antwortete der Mann und grinste breit.

„Ich will, dass Sie mich sofort hier rauslassen. Ich werde sie verklagen. Das ist Unrecht, was hier geschieht! Ich unterschreibe doch kein Geständnis, das nicht den Tatsachen entspricht. Ich bin ein Bürger dieses Landes und habe mir nichts zu Schulden kommen lassen. Noch nie!", rief ich laut und versuchte mich aus dem Griff des Wachpersonals zu winden. Vergebens.

„Lutz, bitte", sagte der Arzt mit besorgtem Gesichtsausdruck. Einer der Begleiter steckte mir daraufhin einen Knebel in den Mund. Der Mediziner wartete geduldig, bis ich die Versuche aufgegeben hatte, mich aus den Griffen bzw. den Fesseln zu befreien. Erschöpft und schwer atmend hing ich am Ende zwischen zwei der Hünen. Erst dann wandte sich der Arzt wieder an mich.

„Sie sind ein wenig ungeduldig, mein Herr. Sie wissen doch noch überhaupt nicht, was wir mit Ihnen tun wollen. Folter ist ein weites Feld, so abwechslungsreich. Hier gibt es viel Raum für Kreativität. Zum Beispiel einen steten Tropfen Wasser genau zwischen die Augenbrauen, während der Proband bewegungsunfähig gemacht ist: Das macht einen auf Dauer verrückt, ganz von selbst. Mehr als Wasser braucht es nicht. Faszinierend ...

Aber ich sehe meine Stärken eher in Bereichen, bei denen es um das Zeitgefühl und um die innere Uhr geht. Beispielsweise können Sie Menschen durchdrehen lassen, wenn Sie diese über Tage oder Wochen ohne Licht alleine einsperren. Ihnen fehlt dann der äußere Zeitgeber und ihr SCN oszilliert frei. Der Tag hat zwar dann für ihre innere biologische Uhr noch immer knapp 24 Stunden, aber ihre Wahrnehmung für Zeit ist derart gestört, dass sie irgendwann durchdrehen. Wirklich famos, oder? Dafür braucht man nicht einmal Wasser ...

Sehr interessant ist auch das erzwungene Offenhalten der Augenlider. So kann der Proband nicht einschlafen. Höchstens kurzzeitig und mit offenen Augen, aber dies ist kein Schlaf im eigentlichen Sinne. Da infolgedessen die Ruhe- bzw. Schlafzeiten fehlen, kann sich der Körper nicht regenerieren. Überlange Wachheit schädigt den Körper massiv. Und ganz nebenbei trocknet die Hornhaut aus, irgendwann könnte sie sogar abblättern ... Für Folter gibt es also ein ziemlich breites Feld. Aber mir sind die meisten Methoden doch irgendwie zu bestialisch."

Nach seinen Ausführungen ging der Arzt zum MRT. Das Wachpersonal beförderte mich unsanft dorthin und fixierte mich mit allerlei Plastikgurten auf der Liegefläche. Ich versuchte zwar, mich zu widersetzen, doch gegen ihre körperliche Überlegenheit hatte ich keine Chance.

„Auch wenn das MRT nicht so abschreckend wirkt wie vielleicht Daumenschrauben oder die eiserne Jungfrau, lassen Sie mich kurz erläutern, was Ihnen im Inneren blüht", führte der Mediziner weiter aus. „Nachdem mein Ruf als Wissenschaftler durch das Lachsexperiment vernichtet war, konnte ich in der Öffentlichkeit nicht mehr an meinen Hirnforschungen mittels fMRT arbeiten. Ich verlagerte meine Tätigkeiten daher in den Untergrund.

Mein Onkel brachte mich schließlich auf die Idee, dass man statt der bloßen Darstellung von Gehirnaktivitäten auch einen direkten Einfluss auf die betreffenden Areale ausüben könnte. Er ist im Schichtdienst eingeteilt und wollte damals gerne seine innere Uhr an die Schichtdienstzeiten anpassen. Nach langer Forschung gelang es mir schließlich, das hinzubekommen!

Als die Geheimdienste von meinem Erfolg erfuhren, machten sie mir ein Angebot: Wenn ich für sie arbeiten würde, bräuchte ich mir keine Sorgen mehr über die Finanzierung zu machen. Im Gegenzug dürfte ich weder Publikationen über meine Erkenntnisse schreiben noch den Kontakt nach außen suchen. Da ich mit der offiziellen Wissenschaft ohnehin abgeschlossen hatte, fiel mir die Entscheidung leicht. Seither darf ich hier meiner eigenen Forschung frönen und dank der Ausstattung bleiben keine Wünsche offen.

Und nach der kleinen Anpassung auf die

Schichtarbeit meines Onkels konnte ich weitere, viel größere Fortschritte verzeichnen. Atemberaubend, was ich inzwischen im Gehirn vollbringen kann ... Man stelle sich nur mal vor, der Lachs wäre damals nicht ins MRT gelegt worden. Wo stände ich heute? Garantiert nicht hier und nicht so weit vorne! Manchmal sind es eben die kleinen Dinge, die das Leben verändern.

In diesem Zusammenhang bitte ich Sie, an ihren SCN zu denken, dieses reiskorngroße Ding in ihrem Kopf. Wir werden Sie in Kürze ins MRT schieben und mittels fMRT die exakte Position ihres SCN bestimmen. Wenn wir diese haben, führen wir einen minimalen Eingriff durch. Keine Sorge, es wird sich dabei nur ein bisschen warm an der betreffenden Stelle anfühlen. Es fließt kein Blut, es bleiben keine Narben und Sie sind bei vollem Bewusstsein. Und das war's schon. So einfach kann Folter sein. Lächerlich, oder? Nun, was es noch zu beachten gilt: Durch den Eingriff erfährt die empfindliche Hirnregion eine derartige Läsion, sprich Schädigung, dass bei Ihnen eine Verzerrung des Zeitgefühls eintreten wird. Zudem ist der Taktgeber für den Schlaf-wach-Rhythmus gestört. Er steht dann ausschließlich auf wach. Immer nur aktiv, nie Ruhe, keine Pausen ... Erinnern Sie sich an das Augenlider aufhalten? Es ist ganz ähnlich, nur ohne Austrocknen der Augen und das schmerzhafte, zwanghafte Aufhalten. Sie laufen normal umher, aber selbst wenn Sie es wollen, Sie werden nicht mehr zur Ruhe kommen. Und irgendwann, da fallen Sie einfach um. Das dauert gar nicht so lange, wie man vielleicht denken mag. Wenn der Motor ständig am Limit ist, dann geht das relativ rasch ...

So, mein Lieber. Dann wollen wir mal. Ach, bevor ich es vergesse: Es gibt ein Ticket zurück zum normalen Schlaf-wach-Rhythmus. Also zumindest in der Theorie. Genau daran arbeite ich nämlich derzeit und freue mich über jeden Probanden, der mich bei dieser Forschung unterstützt. Aktuell liegt die Erfolgsaussicht bei circa dreißig Prozent, ist also noch steigerungsfähig.

Kurzum: Sie haben die Wahl. Einmal Blinzeln bedeutet, dass Sie das Geständnis unterschreiben möchten und mir nicht für die Untersuchung zur Verfügung stehen. Das würde ich natürlich sehr bedauern. Zweimal Blinzeln bedeutet, dass Sie der Wissenschaft dienen möchten und zugleich mit der Folter einverstanden sind.

Gerne können Sie sich auch noch nach der Folter dazu entschließen, ein Geständnis abzulegen. In diesem Fall würde ich dann versuchen, ihren Rhythmus wieder gerade zu rücken ... Also bitte kurz mal aussagekräftig blinzeln!

Was meinst du Lutz? Hat er ein- oder zweimal geblinzelt?

Blau, nicht grün

Da saß er nun. An seinem Stammplatz in der „BarRicky", direkt am Tresen. Auf der anderen Seite der Tischplatte ragten die Zapfhähne auf.

Eilig kam der Barbesitzer heran, nachdem er ein paar Gäste mit Getränken versorgt hatte: „Mensch, Theo! Das ist ja ewig her! Bestimmt zwei Monate?"

„Zwei Monate und drei Tage, Ricky", erwiderte Theo.

„Ganz der Alte, wie ich sehe. Ein Herrengedeck?"

„Nein danke, ich trinke noch immer nicht", winkte Theo ab.

„Ach, wegen dieser Low-Carb-Sache?"

„Nicht mehr", brummte Theo.

Derweil kam ein junger Mann an den Tresen. Er versuchte vergeblich, mit Ricky Augenkontakt aufzunehmen, denn der war zu sehr mit Theo beschäftigt.

„Sondern?"

„Ich mache jetzt Paleo. Nur das Essen und Trinken, was es schon in der Steinzeit gab", sagte

Theo stockend.

„Das klingt ja nach einer Menge Spaß!", witzelte Ricky, bemerkte aber, dass Theo nicht zum Lachen zumute war. „Was'n los, Digga?"

„Probleme mit der Frau daheim ...", murrte Theo und blickte zu dem jungen Mann hinüber, der in dem Bemühen, von Ricky wahrgenommen zu werden, immer näher herangerückt war.

„Ja, bitte?", erkundigte sich Ricky.

„Sag mal, ist der Kaffee bei dir auch fair gehandelt?"

„Hundert Prozent bio und hundert Prozent fair gehandelt. Sorry, dass das noch nicht auf der Karte steht. Ich habe erst letztens umgestellt", antwortete Ricky.

„Jo, bio steht ja bereits auf der Karte ... Dann nehme ich drei Kaffee für meine Freunde und mich", sagte der junge Mann und wies auf eine Sitzecke, an der zwei weitere Personen in seinem Alter saßen.

„Alles klar, ich bring sie euch gleich rüber!"

Daraufhin verzog sich der Gast wieder und ließ Ricky und Theo allein zurück. Der Barkeeper stiefelte zur Kaffeemaschine und begann Kaffee zu mahlen. Theo rückte nach. Zwischendurch machte Ricky ihm ein Glas Wasser fertig: „Hier, mein Lieber. Das darfst du ja sicher noch trinken, oder?"

„Wasser geht immer", nahm Theo dankbar an. „Seit wann gibt es bei dir Biokaffee? Und noch dazu fair gehandelt?"

„Unter uns", sagte Ricky mit gedämpfter Stimme, „ich verkaufe immer noch die gleiche Plörre wie früher."

„Ich weiß schon, warum ich noch nie einen Kaffee bei dir getrunken habe", grinste Theo.

„Sehr witzig! Nein, im Ernst: Bisher habe ich den billigsten Kaffee gekauft und durch diese sauteure Maschine gejagt. Und schwups, alle waren begeistert", fuhr Ricky fort.

„Ja macht einiges her, das Ding", ergänzte Theo und beäugte das Schmuckstück.

„Aber das reicht heute nicht mehr", sagte Rikky und startete den Brühprozess, „inzwischen musst du Biokaffee anbieten, um nicht auf der Strecke zu bleiben. Und, wie du gehört hast, auch noch fair gehandelten Kaffee – zumindest für die jüngere Generation. Aber mir soll's recht sein. Die Gewinnspanne hat sich dadurch enorm vergrößert. Die Leute zahlen einfach unfassbar viel für diese Bioprodukte!"

„Hm", überlegte Theo. „Aber ist es nicht strafbar, Lebensmittel als bio zu deklarieren, obwohl sie es nicht sind?"

„Sicher. Doch die Bücher sind sauber. Außerdem sind die Kontrollen lasch. Ich mache mir da gar keinen Kopf. Und falls doch mal einer vorbeikommt, da habe ich auch ein paar Tüten Biokaffee in der ersten Reihe stehen. Solange keiner meinen Müll durchsucht, passiert da nichts", prahlte Ricky und zog die Kaffeetassen unter der Maschine hervor.

„Das soll ja in den besten Familien vorkommen", meinte Theo trocken.

„Was?"

„Das mit der Mülldurchsucherei!"

„Verstehe ich gerade nicht – das musst du mir gleich mal in Ruhe erklären. Ich bringe eben den Fair-Trade-Biokaffee an den Mann", sagte Ricky und verließ den Tresen.

„So, dann mal prost!", rief Ricky nach seiner Rückkehr und stieß mit Theo an. Für sich selbst hatte er ein kleines Glas Bier gezapft.

„Noch immer dein bester Kunde?"

„Sicher!", grinste Ricky. „Also, was hat es nun mit der Mülldurchsucherei auf sich?"

„Erika. Sie macht mich langsam fertig. Ehrlich. Das alles fing vor etwa einem Monat an ...", begann Theo.

„Erika wühlt im Müll?"

„Ja, auch", brummte Theo und wollte fortfahren, wurde aber erneut unterbrochen.

„Da gibt es einen abgefahrenen Film: ‚Taste the Waste' oder so. Über Leute, die von den Abfällen anderer leben."

„Nein, sie durchsucht unseren Mülleimer daheim!", unterbrach ihn Theo.

„Ach so. Warum?", fragte Ricky verblüfft.

„Weil sie inzwischen fast allergisch auf Fleisch

reagiert. Allein zu wissen, dass Fleisch in ihrem Haus war, ist oder sein könnte, macht sie völlig verrückt ...“

„Verstehe“, tat Ricky verständnisvoll.

„Es geht aber noch weiter!“ Theo nahm einen großen Schluck. „Erst war sie Flexitarierin, aß also nur noch selten Fleisch und nur ausgewählte Produkte. Dann ging es einen Schritt weiter. Sie wurde Vegetarierin, also kein Fleisch und keinen Fisch mehr. Alles schön und gut. Meinetwegen, soll sie machen. Ich bin da ja tolerant. Aber seit Kurzem ernährt sie sich nur noch vegan. Das ist echt keine Freude mehr, sag ich dir! Sie ist inzwischen fast militant im Umgang mit Essen!“

„Du, ehrlich gesagt, steige ich da bei den Begrifflichkeiten immer noch nicht durch und verwechsle sie ständig. Ich halte fest: Sie isst kein Fleisch und keinen Fisch?!“

„Ja, und keine Nahrung tierischen Ursprungs, wie beispielsweise Eier. Aber Grünzeug stopft sie noch hemmungslos in sich hinein. Sonst wäre sie eine Frutarierin. – Gott bewahre!“, fügte Theo hinzu.

„Mann, Mann, Mann! Und das soll einer verstehen. Und als Veganer isst man jetzt aus Mülleimern?“, erkundigte sich Ricky und versuchte die Zusammenhänge zu begreifen.

„Nein. Die durchsucht sie wegen mir.“

„Also isst du aus Mülleimern? Wegen deinem Paleo-Ding?“, fragte Ricky und lachte. „Wusste gar nicht, dass es in der Steinzeit Mülleimer gab!"

Theo schüttelte den Kopf und schmunzelte: „Also, wenn es so weitergeht, dann brauche ich doch noch den Klaren vom Herrengedeck. Das erträgt ja kein Mensch ... Zurück zum Thema: Gemäß Paleo esse ich Fleisch. Und da Erika den Geruch von Gebratenem nicht mehr erträgt, lüfte ich inzwischen immer die Küche, nachdem ich mir was gebrutzelt habe. Aber seit ein paar Tagen dreht sie komplett am Rad. Sie hat mir verboten, weiterhin Fleisch zu essen, da sie nicht weiß, wo genau das Fleisch in der Küche überall war, ehe es in meinem Bauch gelandet ist. Und um sicherzugehen, dass ich mich an ihr Verbot halte, kontrolliert sie unsere Mülleimer."

„Aha! Und hältst du dich dran?", hakte Ricky ein.

„Bist du bekloppt? So weit kommt es noch! Ich esse das, was mir schmeckt. Basta!", brauste Theo auf.

Ricky schaute auf. Der junge Mann war wieder zum Tresen gekommen.

„Stimmt etwas mit dem Kaffee nicht?"

„Nein, nein, alles bestens! Mir ist nur eben eingefallen, dass du vorhin gesagt hast, die Karten seien noch nicht aktuell", erklärte der Mann.

„Jo. Worum geht's?", tat Ricky interessiert.

„Ich wollte fragen, ob du auch eine vegetarische Currywurst hast."

„Klar, kann ich euch machen", versprach Rikky.

„Danke dir", sagte der junge Mann und ergänzte: „Vegan ist aber zu viel verlangt, oder?"

„Gib mir noch ein paar Wochen!", zwinkerte Ricky.

Noch ehe sich der Gast umgedreht hatte, schien Theo ein Ventil für seinen Frust gefunden zu haben: „Wegen euch Gemüsefressern geht die Welt eines Tages noch zugrunde!"

„Wie bitte?", fragte der Mann verstört.

„Du hast mich schon verstanden, Bürschchen. Das vegane Pack ruiniert das ganze Land. Andernorts ist man froh über einen Brotkrumen und hier wird fein herausgepickt, was gegessen und was verschmäht wird. Dazu diese Panik vor dem Fleisch. Schau dich mal an! Aus was bestehst du? Aus Gemüse?!", ereiferte sich Theo.

Nun war der junge Mann am Zug. Tapfer verteidigte er sich: „Also, ich denke nicht, dass Sie sich herausnehmen können, über mich zu urteilen. Ich verurteile Sie auch nicht wegen ihrer Paleo-Ernährung. Dies ist ein freies Land!"

„Quizfrage, du Klugscheißer: Was isst du, wenn die Forschung herausfindet, dass auch Pflanzen ein ähnliches Empfinden haben wie Tiere? Dass sie leiden, wenn du sie isst? Und zwar Fallobst, Nüsse und Samen eingeschlossen – falls du mir noch den Frutarismus als Lösung anpreisen willst!", ging Theo auf Konfrontation. Ricky wollte eingreifen, war aber zugleich interessiert am Thema.

„Bis dahin genieße ich jeden einzelnen Grashalm!", konterte der junge Mann. „So eine sinnfreie Diskussion! Diese Verachtung in Ihrem Gesichtsausdruck. Das ist armselig, ganz ehrlich. Aber für einen Steinzeitmenschen vielleicht gerade das richtige Verhalten. Guten Tag, der Herr!"

„Mir reicht's. Das muss ich mir nicht geben!" Damit sprang Theo von seinem Hocker auf und schrie: „Das hier ist eine ehrenwerte Kneipe. Geschichtsträchtig. Ein Ort der Freude und des Lebens. Aber wenn hier eine vegetarische Currywurst ausgegeben wird, ist dieser Ort passé für mich. Dieses Klientel ist Abschaum! Du bist Abschaum!" Dabei zeigte Theo wütend auf den jungen Mann. Dann machte er sich aus dem Staub.

„Geh doch in deine Höhle, Steinzeitmensch!", rief der Gast hinter ihm her.

„Ihr erlebt noch mal euer blaues Wunder. Blau, nicht grün!", brüllte Theo, als er an der Eingangstür zum Lokal angekommen war. Damit marschierte er hinaus.

Einen Abend später standen plötzlich Polizeibeamte in der „BarRicky". Ricky gab sich höflich, doch seine Hände waren schweißnass. Waren sie ihm doch auf die Schliche gekommen? Dass sein Kaffee weder bio noch fair gehandelt war. Hatte ihn jemand verraten?

Es stellte sich heraus, dass es sich um Beamte der Kriminalpolizei handelte. Dann wohl doch nicht wegen der Kaffeesache, beruhigte sich Rikky. Aber die Kripo? Was wollte die Kripo von ihm? Hatte er etwas mit einem Verbrechen zu tun? Er überlegte kurz. Dann sah er klarer.

Früher informierten ihn die Leute, wenn sie zum Beispiel keine Nüsse im Essen vertrugen. Doch heute gab es schier unendlich viele Begriffe für Allergien und Ausnahmen, die sich Ricky unmöglich alle merken konnte. Daher nahm er die Sonderwünsche seiner Gäste selten ernst. Er bereitete die Speisen nach bestem Wissen und Gewissen zu und präsentierte sie dann als das, was die Kundschaft haben wollte. Zudem hatte Ricky die Kennzeichnung der allergenen Stoffe auf der Speisekarte eher als Empfehlung, denn als Pflicht interpretiert. Folglich hatte er ausgewürfelt, welche Buchstaben er hinter welche Speisen schrieb. Bei einer kritischen Nachfrage würde er sich einfach auf einen Druckfehler berufen, so seine Idee. Doch nun war ihm mulmig.

Hatte vielleicht jemand seinetwegen eine Vergiftung erlitten? Oder schlimmer noch: War jemand durch sein Essen zu Tode gekommen? Plötzlich sah er sich in Handschellen …

Dann nannten die Beamten den tatsächlichen Grund ihres Erscheinens: In der letzten Nacht habe es am frühen Morgen zwei Brände in veganen Supermärkten gegeben. Bei beiden bestehe der dringende Verdacht auf Brandstiftung. Derzeit gehe man daher jeder Spur nach. Eine Spur führe zu einem Mann, der gestern Abend hier am Tresen ein Glas Wasser getrunken und sich mit Ricky unterhalten habe. Er sei nach einem Streit mit einem veganen Gast aus der Bar gestürmt und habe gerufen: „Ihr erlebt noch mal euer blaues Wunder. Blau, nicht grün!" Dies hätten mehrere Zeugen bestätigt.

Ricky hoffte inständig, dass Theo nicht der gesuchte Brandstifter war, und zeigte sich gerne kooperativ, als die Befragung begann.

Sapiosexuell

Es war bereits nach 23 Uhr. Vor wenigen Minuten hatte er das Telefongespräch mit seiner Frau beendet. Nun war er allein im Hotelzimmer und konnte durchatmen.

Die lange Anreise steckte ihm noch spürbar in den Knochen. Denn seit einiger Zeit wollte sein Rücken nicht mehr so recht mitmachen, zumindest nicht mehr so wie früher. Früher, da verließ er sich auf sein starkes Rückgrat. Doch nun zeigten sich die ersten Verschleißerscheinungen. Für die Karriere hatte er einige Jahre Raubbau an seinem Körper betrieben. Das wusste er. Dabei war er erst dreiundvierzig, kein Alter für einen Mann in seiner Position.

Plötzlich klopfte es an der Zimmertür. Mühsam arbeitete er sich aus dem Ledersessel heraus. Die Krawatte und die Schuhe hatte er geöffnet, beides aber noch nicht abgelegt. Kein attraktives Erscheinungsbild, sondern eher das eines abgehalfterten Geschäftsmanns im Feierabend. Doch es war ihm in diesem Moment nicht wichtig. Er erwartete niemanden. Vermutlich klopfte da nur jemand, der sich im Zimmer geirrt hatte, dachte er.

Als er die Tür erreicht hatte, fasste er sich kurz an den Rücken. Die verdammte Lendenwirbelsäule machte ihm heftig zu schaffen.

Es war eine groß gewachsene Frau, die vor seiner Tür stand. In einem Trenchcoat und mit hohen Stiefeln, die braunen Haare zu einem Dutt gebunden und ein dickes Handtuch unter dem Arm, dazu eine ausladende Umhängetasche. Alles war stilbewusst aufeinander abgestimmt und sie hatte ein liebenswertes Gesicht mit großen, haselnussbraunen Augen. Ihr Alter war schwer zu schätzen, vielleicht um die dreißig.

„Hallo. Wie kann ich Ihnen helfen?", fragte er höflich.

Ein Lächeln huschte über ihr Gesicht: „Ich möchte zu Herrn Schmidt."

„Da sind Sie grundsätzlich an der richtigen Adresse. Allerdings erwarte ich um diese Uhrzeit niemanden. Mein Nachname ist nicht gerade selten. Vielleicht haben Sie sich im Zimmer geirrt?", meinte Herr Schmidt und richtete die Krawatte ein wenig, als ihn ein plötzlicher Stich in seinem Rücken innehalten ließ.

„Das ist doch Zimmer 217, nicht wahr?", fragte die adrette junge Dame. Schmidt nickte.

„Und Sie sind Herr Johannes Schmidt?", hakte sie unbeirrt nach. Er nickte abermals, doch sein Gesichtsausdruck blieb skeptisch.

„Ihre Frau Eva schickt mich, um nach Ihrem

Rücken zu sehen", erklärte die Frau.

„Sie schickt der Himmel!", platzte es aus Johannes heraus. „Kommen Sie bitte herein." Dabei musste er unweigerlich an seine Frau denken. Seit sie sich kennen und lieben gelernt hatten, vollbrachte sie derartige Wunder. Was er auch sagte, alles sog sie wie ein Schwamm auf und schaffte es, ihn immer wieder aufs Neue zu überraschen. Wo hatte sie um diese Zeit und vor allem so schnell eine Masseurin aufgetan? Das schien doch fast unmöglich, dachte er.

„Leider befindet sich der Massageraum des Hotels derzeit im Umbau. Daher müssen wir wohl oder übel auf Ihr Bett zurückgreifen. Ich gebe zu, es ist nicht der ideale Ort, aber im Augenblick ist, glaube ich, nichts Besseres verfügbar", riss ihn die junge Dame aus seinen Gedanken.

„Ich bin ehrlich gesagt einfach nur froh, wenn sich jemand um meinen Rücken kümmert. Ganz egal, an welchem Ort", erwiderte Johannes. „Allerdings fühle ich mich doch recht ‚dreckig' vom Tag. Ich würde mich gerne noch abduschen, bevor ich mich aufs Bett lege. Schließlich muss ich die kommenden Tage noch darin schlafen."

„Keine Eile bitte. Ich habe Zeit. Ich bin ja wegen Ihnen hier, nicht wegen mir."

„Bitte duzen Sie mich – ich heiße Johannes!", unterbrach er die Ausführungen der jungen Dame.

„Melanie. Freut mich sehr, Johannes!"

„Kann ich dir etwas zu trinken anbieten, während ich mich frisch mache?", erkundigte sich Johannes.

„Nein danke. Ich melde mich, wenn ich etwas brauche."

„Gut, dann gehe ich mal unter die Dusche. Mach es dir einfach bequem", forderte er sie auf und verschwand kurz darauf im Bad.

Melanie legte daraufhin den Trenchcoat ab, darunter trug sie außer den Stiefeln lediglich Reizunterwäsche. Sie breitete das mitgebrachte Handtuch auf dem Bett aus, kramte einen Lippenstift aus der Tasche hervor und zog noch einmal die Linien nach. Dann holte sie ein paar Kondome, eine Tube Gleitgel und zwei Taschentuchpackungen hervor. Sie platzierte die Utensilien am Kopfende des Bettes und dimmte das Licht. Anschließend posierte sie kurz vor dem Spiegel und betrachtete sich. Kein Mann hatte ihr bisher widerstanden, sobald er sie so sah, das wusste sie. Sie befreite ihre Haare aus der strengen Frisur und setzte sich auf die Bettkante, die Beine übereinandergeschlagen.

Die braunen Haare hatte sie von ihrer Mutter geerbt. Ebenso die großen braunen Augen und den südeuropäischen Einschlag ihres Teints. Die Intelligenz hatte sie hingegen von ihrem Vater mit auf den Weg bekommen. Sie merkte früh, dass sie mit einer sehr gelungenen Balance zwischen

Schönheit und Intellekt gesegnet war. So hatte sie bereits zu Schulzeiten zahllose Verehrer, zugleich aber auch etliche Neider. Sie lernte rasch, sich damit zu arrangieren, richtige und falsche Freunde mit Bedacht auszuwählen.

Bis zum Abitur war sie als Balletttänzerin sehr aktiv gewesen. Aus diesen Tagen stammte ihr trainierter und wohlproportionierter Körper. Doch nicht nur ihr Körper war geübt. Sie hatte ein mustergültiges Medizinstudium absolviert – in Rekordzeit. Und ganz nebenbei hatte sie nicht verpasst, ihr Leben zu leben. Dinge zu probieren. Sich und andere auszutesten. Grenzen auszuloten. Daher säumten auch einige Männer ihren Weg, zumeist attraktive „Bad Boys". Auf den ersten Blick waren sie vielversprechend und erzeugten bei ihr ein Gefühl prickelnder Spannung. Doch mit der Zeit erkannte sie in ihnen häufig Taugenichtse und Proleten. Nach und nach lernte sie, bei der Partnerwahl vorsichtiger zu agieren. Sie wollte einen Mann an ihrer Seite, keinen Draufgänger mehr.

Kurz nachdem sie ihre eigene Praxis eröffnet hatte, traf sie ihn, den Mann ihrer Träume: eloquent, humorvoll und zugleich gebildet. Familientauglich. Und gut aussehend! Er war die Ausnahme, einer dieser Prinzen, die es heutzutage nur selten gab. Für ihn machte sie eine Ausnahme, denn eigentlich hatte sie sich geschworen, nichts mit einem Patienten anzufangen. Doch da war es schon um sie geschehen gewesen.

Er lebte zu dieser Zeit als Single. Und von der ersten Minute an war er begeistert von ihr, war ihr hoffnungslos verfallen. Später dann gestand er ihr, dass sie etwas Magisches an sich habe, das sich nicht in Worte fassen lasse. Anfangs glaubte sie, dass er damit ihre äußerliche Schönheit meinte. Doch über die Jahre war ihr klar geworden, dass da tatsächlich mehr sein musste.

Es war kurz nach ihrer Hochzeit und dem Kauf eines gemeinsamen Hauses – einer der denkbar ungünstigen Momente in ihrem Leben. In der erste Diagnose war bloß von einem Verdacht die Rede gewesen, kurze Zeit später bestätigte sich die Befürchtung: Brustkrebs.

Der erste Schock wurde zur Beziehungsprobe. Doch ihr Mann stand zu ihr. Auch nach der Mastektomie der rechten Brust, auch als sie ihre Haare verlor, aufgedunsen war und unter Stimmungsschwankungen litt. Er sagte immerzu, er sehe noch dieses Magische in ihr. Das Offensichtliche sei nur das Gift in ihrem Körper. Das vergehe. Die Magie bleibe. In dieser Zeit hatte sie begriffen, dass er der richtige Mann war. Ihr Mann, der Vater ihrer drei gemeinsamen Kinder.

Die Brustrekonstruktion verlief reibungslos. Nur einige kleine Narben erinnerten sie noch an die Krebserkrankung. Sie konnte sich wieder als Frau fühlen, wenn sie vor dem Spiegel stand oder ein tief geschnittenes Oberteil trug. Es war wie vor der Operation, fast zumindest. Denn sie spürte, dass ihr Mann beim Sex mit Vorsicht an ihre operierte Brust fasste, so als könne er etwas beschädigen. Es schien keine Angst zu sein, sondern eher Zurückhaltung vor dem Unbekannten.

Über die Jahre spürte sie immer mehr, dass ihre sexuelle Anziehung litt. Sie hatte Sorgen, ihm nicht mehr zu genügen. Dabei liebte sie ihn doch, ihren Johannes.

Eva wusste um die Attraktivität ihres Mannes. Und um seine vielen Dienstreisen mit den zahllosen Gelegenheiten in fremden Städten. Jederzeit konnte er mit einer Unbekannten verkehren. Etwas in ihrem Inneren sagte ihr, dass er es bisher zwar nicht getan hatte, aber inzwischen nicht mehr abgeneigt sein würde. Sie spürte das. Weibliche Intuition. Ihr waren die Familie und ihre Ehe zu wichtig, um sie einem Seitensprung zu opfern. Und wenn schon eine Liaison, dann zumindest nicht hinter ihrem Rücken. Und nicht in irgendeiner schmutzigen Ecke.

Sie hatte bei einer professionellen Agentur eine Edelnutte für den heutigen Abend bestellt. Auf den Fotos im Internet hatte Melanie ihr am meisten zugesagt. Sie war der Typ Frau, auf den Johannes am meisten stand. Und ihr Körper erinnerte Eva an ihre eigene Zeit in Bestform. Kurzerhand informierte sie Melanie über den Aufenthaltsort ihres Mannes und über seine Rückenbeschwerden. Den Rest überließ sie Melanie. Und ihrem

Mann. Nur Details von der Nacht wollte sie nicht erfahren. Das war ihr wichtig.

Johannes trug nur ein um den Bauch gewikkeltes Handtuch, als er aus dem Bad trat. Im Schummerlicht erblickte er Melanie, in Reizunterwäsche. Ihr Gesicht sprach eine klare Sprache. Für einige Sekunden konnte er seinen Blick nicht von ihr abwenden. Von dem wunderhübschen, sinnlichen Körper. Die Haut glänzte seidig und die Unterwäsche lud ein, auf Erkundungstour zu gehen.

„Das ist aber ein außergewöhnliches Outfit für eine Masseurin", brachte Johannes hervor und bemühte sich, Herr seiner Sinne zu bleiben.

„Ich bin nicht nur deine Masseurin. Gerne bin für dich das, was ich sein soll", sagte Melanie mit lüsternem Unterton und spreizte die Beine.

„Masseurin reicht, für alles andere habe ich meine Frau!", antwortete Johannes bemüht souverän und lächelte ein wenig.

„Ganz wie du magst, Johannes. Wenn es dich zwischendurch aber packt, lass es mich wissen. Ich bin ganz für dich da. Deine Frau erfährt auch nichts", lächelte Melanie zurück und erhob sich aus ihrer aufreizenden Stellung. Johannes kam herbei und legte sich bäuchlings aufs Handtuch: „Ich habe mich schon ein wenig gewundert, dass um diese Uhrzeit Masseure noch tätig sind!"

„Es kommt darauf an", erwiderte Melanie mit

ehrlicher Stimme und kletterte auf seinen Steiß, „viele wollen ihre Massage erst zum Abschluss nach dem Sex. Aber es kommt durchaus auch vor, dass ich nur als Abendbegleitung gebucht werde. Also ganz ohne Körperkontakt ..."

Johannes und Melanie hatten an diesem Abend ihren Spaß, doch Johannes blieb seiner Frau zu jeder Zeit treu. Die Massage löste die Blockaden in Johannes' Rücken. Und nachdem Melanie des Nachts das Zimmer verlassen hatte, schrieb Johannes eine SMS an seine Frau:

„Hallo Liebling,

vielen Dank für die Masseurin. Du bist wie immer bezaubernd um mein Wohl besorgt! – Danke. Mir geht es nun viel besser und ich werde mich schlafen legen. Morgen wartet ein anstrengender Tag. Kuss an die Kinder und eine herzhafte Umarmung für dich.

Ich liebe dich!"

Auch wenn diese Nachricht Eva am nächsten Morgen im Unklaren darüber ließ, was genau im Hotelzimmer abgelaufen war, so sagte ihr die weibliche Intuition, dass Johannes nicht fremdgegangen war. Und sie vertraute ihrer Intuition.

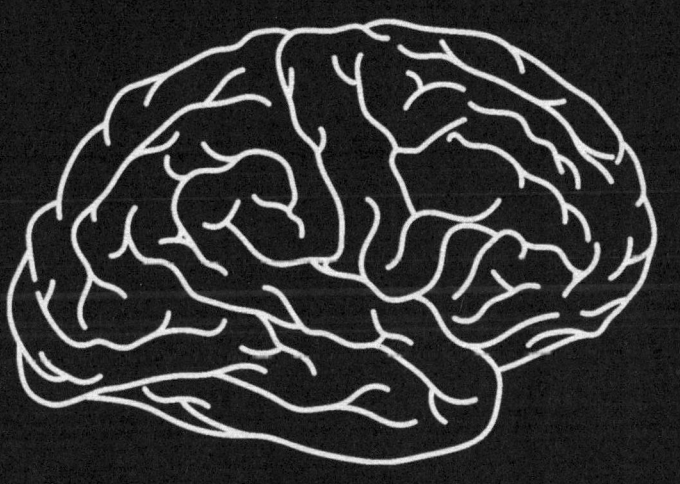

Das Haus stand in zweiter Reihe. Nur wenige Fußabdrücke führten dorthin, keiner hatte sich die Mühe gemacht, den Weg zu räumen. Ganz im Gegenteil. Irgendjemand hatte sogar das Weiß des Schnees mit seinem Urin besudelt.

Sam trat vor die Haustüre und ging im Flackerlicht der Laterne die Klingelschilder durch. Neben der zweiten Klingel von unten war ein Stück Papier aufgeklebt. Darauf stand mit schwarzem Filzstift gekritzelt „Tao". Sam klingelte.

„Ja?", rauschte es wenig später durch die Gegensprechanlage.

„Hier ist Sam, wir hatten einen Termin um 17 Uhr."

„Ich habe noch einen Gast, komm bitte in 15 Minuten wieder. 15 Minuten, ja, Schatzi?"

In jedem Wort lag ein asiatisch nasaler Akzent und die Betonung war durchweg fehlerhaft. Doch Sam hatte schon ganz anderes erlebt. Immerhin sprach Tao überhaupt deutsch, dachte er. Dann schaute er auf die Uhr, wandte sich von der Tür ab und eilte zurück durch die schmale Hofeinfahrt. Ihm behagte es nicht, sich in dieser Gegend länger als nötig aufzuhalten.

Mit „Gast" hatte Tao „Kunde" gemeint und „Komm bitte in 15 Minuten wieder. 15 Minuten, ja, Schatzi?" war gleichbedeutend mit „Verpiss dich und komm in 15 Minuten wieder. Wenn du früher kommst und mir dadurch mein Geschäft verhagelst, wirst du deines Lebens nicht mehr froh werden!". Taos aufgesetzte Höflichkeit gehörte zur Absurdität des Rotlichtmilieus, das wusste Sam nur allzu gut.

Er spürte, wie sein Herz zur Ruhe kam, nachdem er einige Straßenecken hinter sich gelassen hatte. Hier war er weit genug vom Hofeingang entfernt und keiner würde ihn mit dem Hinterhaus in Verbindung bringen.

Kalter Wind fegte ihm ins Gesicht und er vergrub die Hände tiefer in den Taschen. Dabei fühlte er die Klinge des Wakizashi, das er in einem Brustgurt unter seiner Jacke trug. Heute war es das letzte Mal, sinnierte Sam, dass er seinen treuen Wegbegleiter würde einsetzen müssen. Das letzte Mal, dass er sich dem eiskalten Dresdner Winter in dieser schicksalhaften Nacht aussetzte.

Sam blickte auf die Uhr. Er musste umkehren. Die Zeit für Tao war gekommen.

Als er in Sichtweite der Hofeinfahrt war, spuckte diese plötzlich einen Mann aus. Sam spürte, wie sich sein Pulsschlag erhöhte. Automatisch schärften sich seine Sinne. Es bestand kein Zweifel, dass dieser Mann gerade bei Tao gewesen war.

Sam senkte hastig den Kopf, behielt den Fremden aber weiterhin im Auge.

Die Chance, dass er und Sam aufeinandertrafen, lag bei 50 Prozent. Sam hoffte auf die anderen 50 Prozent, denn ihm taten die armen Kreaturen leid, die dafür sorgten, dass die Taschen von Prostituierten wie Tao stets prall gefüllt waren. Er wollte nichts mit ihnen zu tun haben.

Sein Wunsch zerplatzte, als der Mensch in seine Richtung einbog und rasch näherkam. Für einen Wechsel der Straßenseite war es zu spät. Und so versuchte Sam, seinen Puls dadurch abzusenken, dass er sich einredete, er habe dem Fremden etwas voraus. Schließlich wusste dieser nicht, dass Sam auf dem Weg zu Tao war, er hingegen wusste sehr genau, woher der andere gerade kam. Nur nichts anmerken lassen, brummte Sam in sich hinein.

So panisch Sam sich die Begegnung in seinem Kopf ausgemalt hatte, so schnell war sie vorüber, denn der Mann passierte ihn scheinbar gleichgültig, den Blick allein auf sein Smartphone fixiert.

Sam wollte sich gerade entspannen, als ihn plötzlich die Frage von hinten traf: „Entschuldigung, hast du mal Feuer?" Wie eine Pfeilspitze, die durch den Rücken in sein Innerstes eingedrungen war und nun ein schmerzhaftes Gefühl erzeugte, breiteten sich die Worte in Sams Körper aus. Vor der Brust trug er ein Schwert und konnte sich verteidigen, seine Rückseite aber war vollkommen ungeschützt.

Sam überwand den Reflex, stehen zu bleiben, und antwortete im Gehen: „Nein, ich rauche nicht"

„Schade, denn es gibt nichts Besseres, als eine Zigarette danach, weißt du. Soll ich dir vielleicht eine mitgeben?", erwiderte der Fremde.

Es war für Sam unmöglich, seinen Weg einfach fortzusetzen. Er blieb stehen und versuchte seine Gedanken zu sammeln: Woher konnte der Mann wissen, dass er auf dem Weg zu Tao war? Wusste er es oder ahnte er es nur? Auf keinen Fall konnte er einen Zeugen gebrauchen.

„Was auch immer Sie meinen, einen schönen Tag noch!" Sam schüttelte die Zweifel ab und machte Anstalten, weiterzugehen.

„Dann grüß wenigstens Tao von mir!" Damit hatte er Sam am Haken. Der fuhr herum und fragte: „Was denn für einen Tao?"

Der Fremde grinste Sam an und holte ein Feuerzeug aus der Tasche. Dann steckte er die Zigarette in seinem Mund an, zog daran und blies den Rauch in die Nacht: „Ich glaube, du weißt sehr genau, von wem die Rede ist, Sam." Die betonte Lässigkeit, mit der der andere das gesagt hatte, provozierte Sam aufs Äußerste. Ohne nachzudenken, verkürzte er den Abstand. Er wollte sehen, mit wem er es zu tun hatte.

Sam spürte, wie ihm die Situation entglitt. Inständig hatte er gehofft, dass ein solcher Tag nie kommen würde. Dass er zuvor seine Arbeit abschließen könnte. Tao wäre der Letzte gewesen. Und ausgerechnet heute, ausgerechnet jetzt, wo er ohnehin schon 15 Minuten später dran war als sonst, waren sie ihm auf die Schliche gekommen?

„Woher kennst du meinen Namen?", blaffte er den Fremden an.

„Sachte, sachte, mein Lieber!", erwiderte dieser und fixierte Sam mit freundlichem Blick. „Ich bin Wolfgang."

„Okay, Wolfgang, was willst du?" Sams Tonfall war aggressiv.

„Nun, ich denke, wir beide sollten uns kurz unterhalten. Bis 18 Uhr ist ja noch etwas Zeit, nicht?"

Sam wollte mehr. Er musste in Erfahrung bringen, mit wem er es hier zu tun hatte. Allein um seine Panik im Zaun zu halten. Die war ihm inzwischen bis zum Halse aufgestiegen: „Was ist denn um 18 Uhr?"

18 Uhr. All die Jahre um Punkt 18 Uhr hatte Sam seine Taten vollbracht. Die Zahl hatte sich fest in sein Gedächtnis gebrannt. Und keiner, wirklich keiner außer ihm selbst wusste, was Sam alljährlich am 13. Februar um 18 Uhr in Dresden veranstaltete. Da war er sich sicher. Bis heute.

„Nun, ich dachte, dann schneidest du unserem armen asiatischen Loverboy Tao den Kopf ab?" Wolfgang zog an seiner Zigarette. Reflexartig schaute sich Sam um. Er schien tatsächlich aufgeflogen zu sein. Wenn Wolfgang zu einer der Zuhälterbanden gehörte, würde es hier um Leben und Tod gehen, das war Sam bewusst. Keiner fand gerne seine Goldesel enthauptet im Liebesnest liegen.

„Keine Sorge, Sam. Ich bin allein. Und ich bin keiner von den bösen Jungs, die dich für die Morde an ihren Mädels gerne näher kennenlernen möchten. Ganz im Gegenteil, ich bin heimlich ein kleiner Fan deines Handwerks. Ja, ich bewundere deine Kunst sogar!" Wolfgangs Worte wirkten fast beruhigend auf Sam.

Als Sam sicher war, dass sie allein auf der Straße standen, holte er kurz tief Luft und verlangte: „Gut, okay. Was wird hier gespielt, Wolfgang?"

„Um ehrlich zu sein", Wolfgang ließ den Glimmstängel erneut aufleuchten, „gehörte ich bis letzte Woche zu einer Sonderkommission, die einen Serienmörder verfolgt, der seit einigen Jahren im Dresdner Rotlichtbezirk stets am 13. Februar um 18 Uhr einen Mord begeht und anschließend das Gehirn des Opfers seziert." Sam wollte ihn unterbrechen, doch Wolfgang fuhr fort: „Aber nach Meinung meiner Vorgesetzten habe ich die Motive des Täters all die Jahre falsch eingeschätzt. Sie haben behauptet, dass es wegen meiner stümperhaften Arbeit noch keinen Fahndungserfolg gegeben hat. Daher bin ich seit einer Woche mit anderen Fällen betraut. Ein jüngerer Kollege hat nun deinen Fall übernommen, Sam. Vielleicht auch, weil ich offen bekundet habe, dass ich deine Arbeit am Tatort bemerkenswert professionell ausgeführt finde..."

Sam fand endlich die Kraft, Wolfgangs Redefluss zu unterbrechen: „Das klingt alles ziemlich konfus. Ich glaube dir kein Wort." Dann schaute er sich noch einmal um. Nicht, dass doch ein paar schwere Jungs anrückten, während Wolfgang ihn in ein Gespräch verwickelte.

„Da ist keiner, Sam, ehrlich." Wolfgang blickte auf die Uhr. „Also, wenn wir uns kurzfassen, schaffst du 18 Uhr."

Sam wusste nicht, wie er reagieren sollte. Tatsächlich war weit und breit noch immer kein anderer Passant auf der Straße. Er wollte weiter zu Tao, konnte Wolfgang aber auch nicht einfach ignorieren. Seine Neugier, gepaart mit Angst, war einfach zu groß. Wolfgang nutzte Sams Zögern und fuhr fort: „Nach dem zweiten Mord sind wir auf dich aufmerksam geworden. Er war genauso perfekt ausgeführt wie der erste und wir schlossen sofort aus, dass es sich um einen Zufall oder einen Nachahmer gehandelt haben könnte. Wir hatten es mit dem Werk eines angehenden Serienmörders zu tun, das war uns ziemlich schnell klar. Nur warum das Ganze? Das hat uns wirklich lange Kopfzerbrechen bereitet."

Nach einem Zug an der Zigarette erklärte Wolfgang weiter: „Zuerst dachten wir an eine Art Bandenkrieg im Rotlichtmilieu. Du weißt gar nicht, wie mühsam es war, bis die Jungs aus dem Milieu mit uns kooperiert haben. Jahrelang konntest du, Sam, Schindluder treiben und alle haben dichtgehalten. Erst als du Nathalie ermordet hast, da standen uns die Türen offen. Sie war das Mädchen von Valentino, einem der Alphatiere. Wusstest du das?"

Sams Gesicht zeigte keine Regung. Er hing an Wolfgangs Lippen und wollte alles erfahren, was Wolfgang wusste, ohne sein Inneres zu offenbaren. Wolfgang wertete Sams Schweigen als ein Ja und fuhr fort: „Doch trotz der Kooperation mit den Zuhältern warst du uns immer mindestens zwei Schritte voraus. Schließlich hattest du von fast jeder größeren Religionsgemeinschaft bereits eine Prostituierte auf dem Gewissen, ehe wir darauf kamen, dass deine Taten religiös motiviert sein mussten. Und ausgerechnet dann brachtest du zum zweiten Mal eine Christin um. Und das Jahr darauf eine dritte. Augenblicklich war unsere Theorie hinfällig ... Erst später fiel es mir plötzlich wie Schuppen von den Augen. Noch heute frage ich mich, wie ich vorher so blind sein konnte. Ich meine, wir sind hier in Dresden. Der Stadt, die alljährlich Schauplatz rechter Gesinnung wird. Und zwar stets an dem Tag, an dem du deine Morde begehst, Sam."

Sam fuhr ein kalter Schauder über den Rükken. Es hörte sich für ihn befremdlich an, wenn jemand so über seine Taten sprach. Er beging keine Morde, nein, er betrieb wissenschaftliche Studien. Wolfgang erzählte weiter: „Und keiner der ermordeten Christen war weiß. Wie naiv mein Kollege und ich all die Jahre zuvor damit umgegangen waren! Nicht der Glaube war deine Richtschnur, Sam, sondern die Hautfarbe!"

Wolfgang hob den Arm und bohrte seinen Zeigefinger in Sams Brust, direkt auf das Schwert, und raunzte: „Du bist nämlich nichts weiter als ein Rassist, der sich an Prostituierten vergreift! Und dir ist es offenbar auch scheißegal, ob deine Opfer Frauen oder Männer sind. Denn es geht dir nicht wie den anderen um Sex. Dir geht es allein um die Rasse. Ansonsten wärst du nämlich nicht hier, bei diesem Loverboy Tao und bei mir, der mal an deinem Fall gearbeitet hat, sondern bei der Afrikanerin Sasa, bei der mein seit Neuestem zuständiger Kollege wartet. Denn eine mit dunkler Haut, die hast du schon erlegt, dass weiß ich.

Aber du hast Glück, mein Freund, dass ich von deinem Fall suspendiert worden bin. Denn andernfalls hätte ich dir gar nicht meine persönliche Anerkennung für die Taten, die du begangen hast, aussprechen können, sondern hätte dich schon längst festnehmen müssen!"

Nun lagen alle Karten auf dem Tisch, dachte Sam. Wolfgang wusste fast alles über ihn. Er kannte seine Taten, seine Arbeit und doch hatte er ihn in einem falschen Licht gesehen. Sam griff nach Wolfgangs Arm und drückte ihn vorsichtig herunter. Dann sagte er in ruhigem Ton: „Gehirne sind nicht bunt."

„Wie bitte?" Wolfgang schien verwundert.

„Nach allen Erkenntnissen, die ich bisher gesammelt habe, hat das Gehirn keine Farbe. Nur die Haut, unsere Hülle, hat eine Farbe. Im Inneren sind wir alle gleich. Wenn der Asiate Tao dies heute bestätigt, dann habe ich genug Beweise, um zu belegen, dass Rassismus jeder Grundlage entbehrt. Er ist nicht mehr als ein persönlicher Beleg dafür, dass Äußerlichkeiten häufig den Blick ins Innere versperren. Deine Chefs haben also richtig gehandelt, denn mein Motiv ist keinesfalls Rassismus, sondern genau das Gegenteil. Und um das aufzuzeigen, musste ich Menschen aller Couleur untersuchen – auch wenn die Christinnen nicht weiß waren, die Jüdin war es!"

„Eine Anti-Rassismus-Kampagne genau am geschichtsträchtigen 13. Februar in Dresden? – Genial und abgedreht zugleich, Sam! Da wäre ich nicht draufgekommen", murmelte Wolfgang. Dann kam ihm offenbar eine Frage: „Das heißt, Tao ist der Letzte auf der Liste?"

„Der Letzte", bestätigte Sam, „dann kann ich die Ergebnisse meiner akribischen Sektionen endgültig auf wissenschaftliche Beine stellen und einem breiten Publikum zugänglich machen."

„Dann solltest du dich beeilen, denn es ist bereits kurz vor 18 Uhr", erinnerte ihn Wolfgang.

Sam erkannte seine Zeitnot, wenn er Tao

pünktlich untersuchen wollte, doch er war verunsichert: „Und wozu das alles hier, Wolfgang?"

„Valentino schickt mich. Oder denkst du, es ist ein Zufall, dass heute nur ein einziger Asiate für Geld in der Stadt zu haben ist?" Wolfgang setzte Sam plötzlich eine Pistole auf die Brust, unmittelbar neben die Schwertklinge.

„Du bist kein Kommissar?" Sam wich die Farbe aus dem Gesicht.

„Nie gewesen!" Dann drückte Wolfgang ab und die Kugel fand ihren Weg in Sams Herz.

Taos Gehirn war fachmännisch freigelegt worden, als die Polizei ins Apartment eindrang. Mit seinem Blut war „Gehirne sind nicht bunt!" an die Wand geschmiert. Im Punkt des Ausrufezeichens steckte ein Wakizashi.

Wolfgang hatte darauf geachtet, dass eindeutige Spuren von Sam am Tatort zu finden waren. Es war also nur eine Frage der Zeit, bis sie seine Wohnung auf den Kopf stellten und sein Tatmotiv herausfanden. Spätestens dann würde sich die Presse auf den Fall stürzen. Das wusste Wolfgang. Ebenso wusste er, dass er selbst nicht mehr lange zu leben hatte, sobald Valentino von Taos Tod erfuhr. Denn Valentino liebte den alljährlichen Fackelzug am 13. Februar in Dresden. Wolfgang nicht.

NACHWORT

Alle meine Short Storys haben nur ein einziges Anliegen: Sie wollen dich unterhalten und zum Nachdenken anregen, ohne allzu viel von deiner Zeit zu beanspruchen ...

Dir gefällt die Idee? Dann bist du herzlich eingeladen, dich auf meiner Internetseite umzusehen:

lyl-boyd.de

Ich freue mich auf deinen Besuch.

Über den Autor

Lyl Boyd ist ein Autor mit deutschen Wurzeln, aufgewachsen im digitalen Zeitalter mit Einsen und Nullen. Bereits früh sträubte er sich gegen schwarz-weißes Denken und interessierte sich mehr für die Grauzone dazwischen. Er fand seine Erfüllung schließlich im geschriebenen Wort. Seither ist das Geschichtenerzählen seine kreative Passion.

Jedes Leben erzählt inspirierende Geschichten. Sie sind es wert, berichtet zu werden. Den richtigen Blick, einen Stift und Fantasie, mehr braucht es dafür nicht.

Rückblick

Eine Übersicht aller bisher digital veröffentlichten Short Storys findest du auf meiner Website:

lyl-boyd.de/short-storys

Auf den folgenden Seiten ist zudem eine Auswahl von Erzählungen zusammengestellt, die bereits unter dem Printtitel „Siebzehn" erschienen sind.

Viel Spaß bei der Lektüre.

Eine Geschichte über das Leben im modernen Großstadtdschungel. Eine Weltenbummlerin trifft auf ein erstaunliches Phänomen des Internetzeitalters ...

Die Erzählung führt die Herzensgüte eines Menschen vor Augen, der alle Kriegswirren überlebt und seine ganz eigene Sicht auf die Liebe in Zeiten einer hochtechnisierten Gesellschaft entwickkelt hat ...

Eine Kurzgeschichte, die es wagt, himmelhoch jauchzend und zu Tode betrübt zu sein, um zu schildern, was im Leben wirklich wichtig ist: zu wissen, wer wir sind …

AUSBLICK

Hier findest du ausgewählte Short Storys, die bereits im digitalen Format erschienen sind und derzeit auf ihre Veröffentlichung als gedrucktes Buch warten.

Und das Beste: Ständig kommen neue Kurzgeschichten mit neuen Themen hinzu. Jede ist dabei ein Unikat, obgleich sie allesamt der gleichen Leitlinie folgen: dich zu unterhalten.

Eine Geschichte über die Risiken und Nebenwir-
kungen des Informationszeitalters. Und die Frage, ob wir heute noch ohne das Internet leben
können ...

Eine Geschichte über die Magie des Augenblicks und das Geheimnis erfolgreicher Täuschung. Dazu ein kleiner Exkurs über stilvolle Herrenbekleidung ...

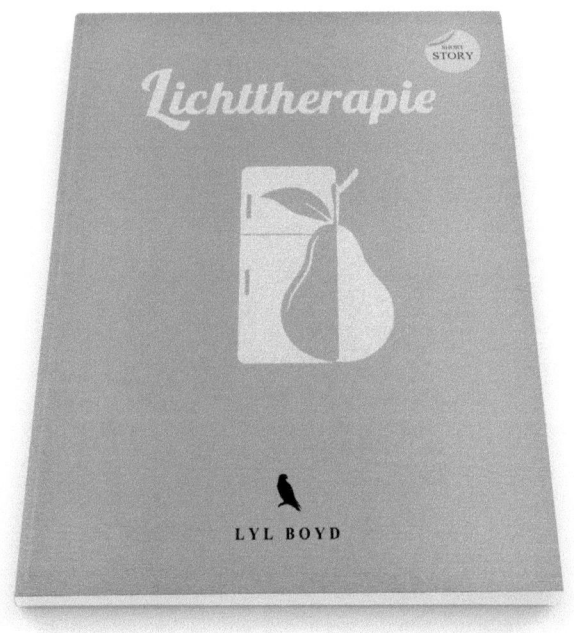

Die Erzählung beschreibt die ersten Sprossen einer Karriereleiter und gibt zugleich einen unterhaltsamen Einblick in die moderne Nutzpflanzenzucht ...

Die Kurzgeschichte offenbart menschliche Gut-
gläubigkeit und weckt Zweifel an „Zufällen", die
uns im Leben begegnen …